時間的犯罪

Sherlock
Holmes

SHERLOCK HOLMES

大偵探
福爾摩斯
時間的犯罪

高利貸的盤算

「請你相信我。」麥基以逼切的語氣說，「待我明天把事情搞定了，很快就可以把錢還給你。」

「你每次都有新的理由拖欠債款，我怎可以輕易相信你？」戴維斯冷冷地說，「你知道嗎？我們做放貸的，每天都會聽到不同的拖債理由，聽到耳朵都快起繭了。」

「這次不同……這次……我……我有十足把握。」

「甚麼**十足把握**？」

「這……這個不太方便說。」

「甚麼？不太方便說？」戴維斯罵道，「麥基先生，你膽子真大，其他欠債人至少也會編個**動聽的理由**給我聽聽，希望博得我的同情**寬限**幾天。你竟然懶得連理由也不說？」

「不……我真的不方便說，你最好還是別問——」

「**廢話！**」未待麥基說完，戴維斯又再罵道，「不方便？有甚

麼不方便？你問我借錢的時候，我就要給你方便，到期要還錢了，就說甚麼不方便！**不要給我放屁！**」

「不，我不是放屁。我要殺人呀。為了保險金，我要殺死妻子呀——」麥基脫口而出，但馬上又發覺自己說漏了嘴，慌忙打住，不再說下去。

戴維斯連忙往四周看了看，知道沒有人注意到他們，才鬆了口氣。

　　他那狡猾的小眼珠轉了轉，然後才堆起笑臉說：「嘻嘻嘻，你方才說甚麼？我沒聽到你的說話啊。但不管你想幹甚麼，能還錢就行。對了，你方才其實想說甚麼？請繼續說下去吧。不過，要盡量把聲音壓低，以防隔牆有耳啊。」

　　「我……我昨天收到小姨的電報……」麥基耷拉着腦袋，一五一十地把心中的計劃說出來。

　　「吭吭吭……」

戴維斯聽完麥基的計畫後，乾咳了幾聲，「你的聲音太小了。我沒聽到你方才的說話，一句也沒聽到。吭吭吭……總之，明天**下午5點**，我到距離府上60里*外的『森林旅館』等你，要是你不準時出現，不用我多說，你也該知道後果吧？」

「我知道……」

「很好，你回去吧。」戴維斯擺了擺手下逐客令。

麥基垂頭喪氣地站起來。

「啊，對了。」突然，戴維斯輕輕地吐了一句，「為了減輕警方對你的疑心，別忘記帶秘書一起去啊。哎呀，我真多口，我沒說過這句話，你忘記它吧。」

麥基無力地點點頭，然後離開了茶座。

「嘻嘻嘻，沒想到那傻瓜竟然會想出這麼

*英國本應用「哩」，為方便計算，本集故事全用「里」來計算距離。

一個**餿主意**。」待麥基的身影遠去了，戴維

斯才**喜不自禁**地自言自語，「哇哈哈，要是

那傻瓜真的把妻子殺了，我可發大財啦！噢，

不，我沒聽過他的說話，我沒聽過，絕對沒聽

過。*哇哈哈哈……*」

麥基夫婦的對話

「喂，醒醒呀。」

華生推了一下床上的福爾摩斯，「忘記了要一早起來去打獵嗎？」

福爾摩斯仍像死豬一樣，對華生的催促毫無反應，還發出「呼嚕……呼嚕……」的鼻鼾聲。

昨天黃昏，福爾摩斯與華生兩人住進了一間

遠離人煙的森林小旅館，準備今早吃過早餐後就一起出發去打獵。可是，兩人在旅館的桌球室中認識了一個中年企業家後，就打亂了華生的預算。

那名企業家叫**麥基**，與他同行的還有他太太和他的秘書小姐**泰勒**。從閒談之間得悉，麥基先生除了來打獵之外，還約了一位商界的朋友來談生意，所以連秘書也帶來了。

福爾摩斯與麥基先生**相談甚歡**，一邊打桌球一邊賭罰酒。福爾摩斯球藝不差，但麥基先生更厲害，結果福爾摩斯每局皆輸，罰喝了一杯又一杯，最後更喝得**酩酊大醉**，要在華生撐扶下才能回到房間。

「喂！真的不起來嗎？」

「呼嚕……呼嚕……」

「快起來呀！」

「*呼嚕……呼嚕……呼……*」

「你這頭死豬，不起來的話，我自己下去吃早餐了。」

「*呼嚕……呼嚕……呼嚕嚕……*」

「太可惡了！越叫你，你的鼻鼾聲卻越大！算了，你睡個夠，我不管你啦。」華生拋下這句說話，就逕自下樓去了。

　　華生在小餐廳坐下，叫了一客早餐。當他吃到一半時，卻聽到餐廳旁邊的 **接待處** 傳來兩三個人的對話聲。轉頭一看，原來是昨夜在桌球室遇到的那位麥基先生，他正在與旅館老闆商量着甚麼。與他一起的，還有麥基太太和那位秘書小姐泰勒。

　　「拉車的那一頭馬今早 **拉肚子**，看來已四

蹄發軟，不能拉車啊。」旅館老闆無奈地說。

「只得一頭馬？」麥基先生急躁地說，「哎呀，你這旅館實在太寒酸了。」

聞言，老闆雖然面露不悅，但仍客氣地回答：「沒辦法，我們客人不多，只養了一頭馬負責迎送。」

「那怎麼辦？今天必須把戒指送去給妹妹啊。」麥基太太問。

「都是我不好，前天為了趕着出門，收到妹

妹的 電報 也沒馬上交給你。」麥基先生向妻子說話時，馬上變得 恭恭敬敬，「今早往口袋一摸，才記得電報還在口袋裏。」

「現在道歉已太遲了，還是想想辦法，看看怎樣趕回家吧。」麥基太太不滿地說，「你知道，妹妹是個 急性子，她今天之內看不到戒指，一定會 大發雷霆。」

「麥基先生，你家距離這裏有多遠？」老闆問。

「大約60里。」

旅館老闆想了想，說：「我還有一頭驢

子」，牠也會拉車。你們不介意的話，可以乘驢車。」

「驢子？會不會走得太慢？」麥基太太問，「我必須下午**3點前**回到家中，取回戒指後，再轉乘馬車趕去妹妹家。」

「下午3點嗎？那沒問題，一定趕得及。」老闆說，「我的驢子彎有氣力的，如果乘客只是兩個人的話，牠的時速可達**20里**，你家距離這裏

60里，只需**3個小時**就能回到家中了。」

「能拉兩個人就夠了，反正我懂得駕車。」麥基看了看**懷錶**說，「現在是8點50分，我們9點鐘出發，驢車時速20里，走60里路的話，全程只需3小時，中午12點就能回到家中。」

「太好了！」麥基太太顯得很高興。

「麥基先生，你約了**戴維斯先生**下午5點見面，你能趕回來嗎？」一直在旁沒作聲的秘書泰勒小姐提醒。

「我知道啦，你別**囉唆**好不好！」麥基先生不耐煩地說。

「不，泰勒小姐問得對，你能趕回來嗎？」麥基太太問。

「去程**3個小時**，回程也是**3個小時**，我把你送回家後馬上趕回來的話，合共只需**6個小時**。下午3點就能回到這裏來啦，還有2個小時的鬆動呢。」

「是的。」旅館老闆說，「本來驢子走了3個小時後，速度會減慢很多。不過，回程只載

你1個人，重量輕了，牠應可保持**20里**的時速。」

「那麼，請你去準備**驢車**吧。」麥基先生說完，粗暴地向泰勒小姐呼喝，「別像頭**笨驢**般站着不動，快上樓去把太太的行李拿下來！」

是的。

「啊，是的。」泰勒小姐慌忙急步上樓去。

「**蠢女人**就是蠢女人，不叫都不會動。」麥基先生罵道。

「我馬上去把驢車拉來。」看到這種粗暴無禮的客人，旅館老闆也只好**避之則吉**，連忙

藉詞走開。

　　但他走了兩步，又想起甚麼似的，回過頭來提醒：「麥基先生，我這頭驢子很會**耍脾氣**，就算趕路也千萬別鞭打牠，否則牠就會停下來不肯走。拜託了。」

　　「**得啦、得啦！**」麥基先生不耐煩地擺擺手說，「誰會打你的**笨驢子**，你快去準備吧。」

　　華生雖然不想偷聽人家說話，但餐廳是開放式的，接待處又在不遠處，就算他不想聽，聲音也一一傳進耳中。

「這傢伙昨夜打桌球時對我們客客氣氣的，還頗有點紳士風度。可是，對地位比自己低的人卻頤指氣使，完全換了個樣。嘿，駕驢車來回走6個小時嗎？有得你受呢。」華生心中暗想。可是，他這時做夢也沒想到，麥基先生他們剛才的對話，竟會成為破解一宗冷血兇案的重要線索！

天有不測風雲

在麥基夫婦駕着驢車出發了幾分鐘後，華生已吃完早餐，當他走過接待處正想上樓時，天色突變，忽然「嘩啦、嘩啦」地下起滂沱大雨來。

在前台的旅館老闆看到華生走過，就抱怨

道：「剛才還在出太陽，沒想到現在卻像倒水一樣。」

「是啊，本來還想叫朋友起床出去打獵，看來得取消了。」華生應道。

「不知道麥基先生在路上怎麼了。」老闆擔心地說，「我的驢子最怕大雨，在雨中拉車速度也會減慢一半，希望他能及時把太太送抵家門吧。」

華生心想，麥基先生夫婦也真倒霉，正要趕路的時候卻遇上大雨，真的是「天有不測風雲」呢。不過，不管怎樣，也得叫福爾摩斯起

床**盥洗**和吃早餐，如果突然又放晴，就可以馬上出發去打獵了。

　　可是，當他踏進房間時，那個獨特的「呼嚕……呼嚕……」聲又再闖進耳朵中。華生暗叫不妙，他走到床邊一看，果然**不出所料**，福爾摩斯的嘴邊掛着一條垂涎，看來比剛才睡得更香。

呼嚕…

　　「真過分，說好一起來打獵，自己卻只顧睡，完全不理會同伴的感受。」華生不滿地嘀咕。

　　他想了想，忽然掩嘴一笑，並躡手躡腳地走到福爾摩斯的床邊大叫：「**起火啦！起火啦！**」

「哇呀！」福爾摩斯被嚇得整個人從床上彈起來。

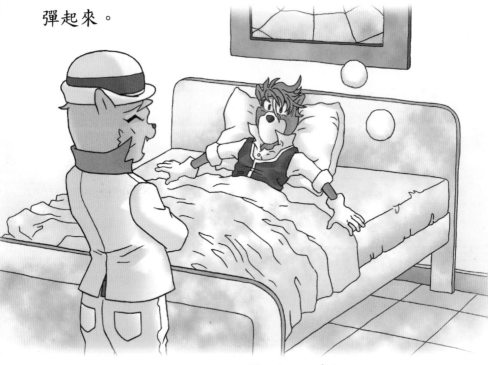

「哈哈哈！」華生捧腹大笑，「這招果然奏效！」

「甚麼？不是起火嗎？」福爾摩斯回過頭來問。

「嘿嘿嘿，火不燒到床邊，你也不會起床

吧？」華生狡點地笑道，「我只是**嚇一嚇**你罷了。」

「哎呀，被你嚇死了。」福爾摩斯舒了一口氣，問道，「現在幾點了？」

「快**9點半**啦。」華生沒好氣地說。

「啊，原來睡過頭了。那麼，我馬上**盥洗**，待會一起去吃早餐。」

「我已吃了。」

「是嗎？那就不吃啦，待我盥洗後馬上去打獵吧。」

「不用急，現在**下大雨**，待雨停了才能出發。」

「是嗎？那麼我再睡一會吧。」說完，福爾摩斯已跳上床，又**倒頭大睡**去了。

華生看着我們的大偵探，只能**啞然無語**。

　　幸好下午 2點左右 雨停了，天色開始放晴，華生和福爾摩斯終於可以出發去打獵了。可能是大雨把野雞和野兔都嚇得躲起來吧，兩人在森林中走了兩個多小時也 一無所獲，只好 垂頭喪氣 地回旅館休息。

　　當他們來到旅館門口時，剛好碰到 麥基先生 下了驢車走過來。

福爾摩斯看到他，馬上挑戰道：「要打桌球嗎？昨晚我喝多了，再打的話我一定贏。」

麥基先生看一看懷錶，說：「快**5點鐘**了，我約了朋友談生意。下次再打吧。」

「是嗎？」福爾摩斯以懷疑的語氣**挑釁**，「你不是怕輸吧？」

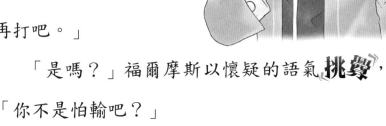

「哎呀，人家有正經事辦，你就不要**糾纏**了。」華生插嘴道，「對了，麥基先生，早上雨下得那麼大，你能及時趕回來真了不起呢。據旅館老闆說，在大雨中，**驢子拉車的速度會減慢一半**啊。」

麥基先生一怔，想了一下才答道：「是啊，那頭**笨驢**在大雨中真的走得很慢，1小時才走**10里**路，但幸好抵達家門後天氣好轉，牠的時速在回程時回復**20里**。算起來，兩程的平均時速大約**15里**，來回跑**120里**，剛好大約花了不到8個小時。不過我已累死了。」

（時速10里＋時速20里）÷2＝平均時速15里

來回120里÷平均時速15里＝8小時

「是呢。」華生心中一算，麥基先生在**9點鐘**出發，現在是**5點鐘**，剛好花了8小時。

就在這時，恰巧那個秘書小姐泰勒從樓上下來，她一看到老闆回來了，就馬上說：「麥基先生，**戴維斯先生**乘船來了，他已在房間等

候半個小時了。」

「知道了。」麥基有點慌張地一笑，然後向華生兩人點點頭，說了聲「**失禮**」，就隨泰勒小姐上樓去了。

待兩人在樓梯後消失了，福爾摩斯才問道：「你們剛才說驢車的 *時速* 甚麼的，究竟在說甚麼？」

「啊，沒甚麼。」華生把吃早餐時聽到的對話，**一五一十**地告訴了福爾摩斯。

「是嗎？」聽完華生的說明後，福爾摩斯皺起眉頭，好像在思索着甚麼。

「怎麼了？」華生察覺到老搭檔的**神情有異**，於是問道。

「沒甚麼，每個人都有自己的秘密，既然與我們無關，就不多說了。」福爾摩斯聳聳肩，「不如先上樓洗個澡，然後再下來吃晚飯吧。」

分岔路口的意外

　　兩個小時後，當兩人下樓吃晚飯時，沒想到

卻在接待處碰到了兩個老朋友——李大耀 和

狐格森。他們 一本正經 地正在向旅館老闆

問話，從旅館老闆那**驚恐**的神情看來，大概是
出了甚麼事故。

「咦？你們兩人怎會在這裏的？」李大猩看
到福爾摩斯兩人，詫異地問。

「我們是來打獵的呀。」福爾摩斯反問，
「你們在這裏才奇怪呢，難道這種小地方也歸
你們管？」

「**哼！**有案件發生我們就要管。」李大猩
不爽地說。華生知道，他最討厭查案時碰到福
爾摩斯。

「沒有啦。」狐格森說,「我們正在追蹤一個 **通緝犯**,才老遠從倫敦追到來的。誰料剛好碰到本地警察發現一具 **頭骨折斷** 的女屍,我們才順道來看看。」

聞言,福爾摩斯 **赫然一驚**。

「女屍?」華生感到奇怪,「與這間旅館有關嗎?」

「她身上有這間旅館的 **火柴盒**,伏屍的地點又距離這裏只有 **50里**,所以估計曾經在這裏留宿。」狐格森答道。

「剛才聽兩位警探的描述,看

來……看來是麥基太太……」旅館老闆**戰戰兢兢**地說，「因為……在她身上找到一枚放在絨盒內的戒指……」

「甚麼？」華生赫然一驚。他記得，麥基太太回家正是為了取戒指，這不可能是偶然。

就在這時，麥基先生和秘書小姐泰勒在管房的帶領下，已**匆匆忙忙**地從樓上走了下來。

「不會是我太太……一定不會是她……她今早還好好的呀。」看樣子麥基先生已從管房口中得知大概，說話時顯得非常**憂心**。

「你就是麥基先生吧？」李大猩**單刀直入**，「請看看，這是不是你太太的東西。」說着，他掏出一個**絨盒**遞了過去。

麥基先生接過一看，臉色刷白：「這……這是我外母的**遺物**，今早我駕車送太太回家去，就是要拿這枚**戒指**……」

接着，他**期期艾艾**地把原委說了一遍。

原來，麥基太太的妹妹快要結婚，想在婚禮上配戴亡母留下的鑽石戒指，就發了封 電報 叫

麥基太太送過去。但麥基先生收到 電報 後，因為趕着辦其他事情，隨手塞到口袋後就忘記了。

今早起床，他摸了摸口袋，才記起電報的事，於是趕在 3點前 把太太送回家取 戒指 ，自己則再趕回來與朋友談生意。

聽完麥基先生的說明後，狐格森掏出一張手繪的簡單地圖，圖上標示了 旅館的位置 和麥基太太的 伏屍地點——一個分岔路口。

「麥基先生，請問你家的位置在哪裏？」狐格森把地圖遞過去問。

「大約……在這裏。」麥基先生在地圖上點出了位置。

「這裏嗎……？」狐格森用筆在地圖上打了

個記號。

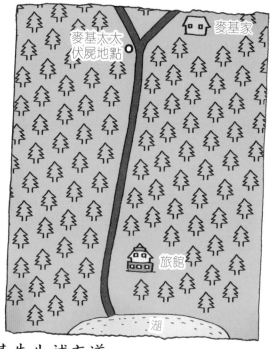

「我家有一輛**單人馬車**，我太太取得戒指後，必須駕車在**分岔路口**轉往地圖左上方的那條路，才能去妹妹家。」麥基先生補充道。

「我們在現場發現一輛**單人馬車**橫躺在大樹旁邊，拉車的馬也受了重傷倒在地上。」狐格森說。

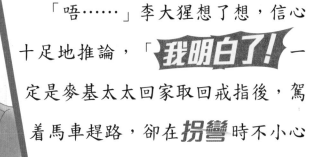

「唔⋯⋯」李大猩想了想，信心十足地推論，「**我明白了！**一定是麥基太太回家取回戒指後，駕着馬車趕路，卻在**拐彎**時不小心

撞到大樹上去。當時的撞擊力很大，她被拋出
了馬車，所以在摔下時摔斷了頸骨。」

「嗚⋯⋯嗚⋯⋯」聽着聽着，麥基先生突然低頭飲泣，「沒想到⋯⋯沒想到⋯⋯在家門前向她說了聲明天見，卻變成了永別⋯⋯」

「在家門前與尊夫人說再見？沒陪尊夫人進家取戒指嗎？」福爾摩斯不經意地插嘴問。

「沒有⋯⋯」麥基擦擦眼淚答道，「由於在路上遇上大雨，耽誤了點時間，我把太太送到家門前就馬上離開了。沒想到⋯⋯嗚嗚嗚⋯⋯」

「請節哀順變吧。」狐格森拍拍麥基先

生的肩膀安慰道。

「謝謝……」

「嘿嘿嘿……」福爾摩斯冷笑幾聲，突然

大手一揮，指着麥基道，「他哪用**節哀順變**！

他一點也不悲哀，心中還可能在**偷笑**呢！」

「甚麼？」李大猩等人不禁愕然。

「你說甚麼？」麥基一怔，馬上又憤怒地說，「是不是昨天打桌球輸了不服氣，現在想在我的**傷口上灑鹽**？」

「嘿嘿嘿，想不到你除了是個桌球高手外，還是個**說謊高手**呢。」

「我說謊？我說甚麼謊？**我句句都是真話**！」

「真的嗎？」福爾摩斯眼底閃過一下**寒光**，「你說**把太太送到家門前才離開**，

也是真話嗎？」

「這……當然是真的！」麥基猶豫了一下，但馬上又揚聲答道。

「嘿嘿嘿，說起謊來也**面不改容**，你不但是個說謊高手，還是個一流演員呢。」福爾摩斯冷笑，「可惜的是，你的**數學小把戲**能騙一般人，卻不能騙我啊。」

「數學小把戲……」麥基赫然一驚，臉上滲出了幾滴**汗**。

數學小把戲

「**沒錯！**」福爾摩斯屬聲道，「剛才你駕驢車回來，說甚麼那頭笨驢去程1小時走**10里**路，回程時1小時走**20里**，平均時速是**15里**，來回共走了**120里**，所以剛好花了**8個小時**。那根本就是**數學小把戲**！」

「**數學小把戲**……？」麥基強作鎮靜地反駁，「（時速**10里**＋時速**20里**）÷2＝平均時速**15里**，來回行走**120里**÷平均

時速15里＝8小時，哪有錯？」

李大猩和狐格森連忙數數手指，似是在評估究竟是福爾摩斯算對還是麥基算錯，但兩人的數學太差了，一時之間當然算不出結果來。

可是，華生想了一下，馬上恍然大悟：「呀！我明白了！這是計算 **平均值** 時常見的陷阱。如果麥基有把太太送抵家門，根本不可能在 8個小時 內回到旅館來。」

「很好，既然你明白了，就讓你來為大家解釋一下吧。」福爾摩斯說。

「好的。」華生挺一挺腰板，向眾人道，「麥基夫婦駕驢車於早上9點出發，時速20里。

但出發了幾分鐘後開始下大雨，驢車的速度減慢一半，以時速**10里**行駛。麥基早前說過驢車抵達家門前才停雨，由於旅館至麥基家的距離是**60里**，驢車得在雨中花**6小時**才能返抵家門。換句話說，如果麥基真的把太太送達家門前，那麼，他只餘下**2小時**趕回旅館，就算驢車回復時速**20里**，但回程與去程一樣，也得走**60里**路，必須花費**3小時**。所以，一來一回，即是合共要花**9小時**呀。」

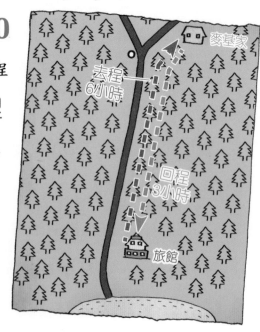

說着，他拿來一張紙，並在上面寫下了數式解釋。

去程60里（下雨）÷時速10里＝6小時
回程60里（晴天）÷時速20里＝3小時
所以，來回合共120里，必須共花9小時

「華生說得很清楚了。」福爾摩斯說，「麥基先生，你**9點**出發，**5點**前已回到旅館，全程只花了**8小時**，比所需時間**快了❶個小時**。你怎樣解釋？」

「這……」麥基一時語塞，但他很快又辯解道，「可能是那頭**笨驢**在下雨時走快了，畢竟是牲畜，很難估計啊。啊，對了，我在趕路時**鞭打**過牠，或許牠因此走快了。」

「不可能。」旅館老闆連忙插嘴道，「那頭笨驢**吃軟不吃硬**，你打牠，牠會像釘子一樣釘在地上，絕不肯再移半步。」

「牲畜的脾氣會變，可能牠今早心情好，走快了一點呢！」麥基仍死命抗辯，「而且，牠又不會說話作證，你們怎可以**一口咬定**牠當時走得多快。最重要的是，你們已在我太太的身上找到那枚戒指，證明我確實把她送了回家，否則她又如何取回戒指？」

「對不起……我可以說一句話嗎？」一直沒作聲的秘書小姐泰勒〈戰戰兢兢〉地說，「其實……那絨盒……我昨天為

麥基先生收拾文件時，在他的公事包中見過。」

「你……！你別胡說！」麥基聞言大怒，

「**啪**」的一聲，已一記耳光扇在泰勒小姐的臉頰上。

「**混賬！**竟敢在警察面前動粗！」李大猩大喝，一手抓住了麥基。

泰勒小姐摸一摸臉蛋，咬一咬牙，毅然地說：「**我沒胡說！**我覺得好奇，就打開絨盒偷看，覺得那枚鑽戒很漂亮，還拿來試戴了一下。」

「你！你這個臭婆娘！竟私自偷看老闆的東西！」麥基**脫口而出**，但他馬上發覺自己說漏了嘴，連忙辯解道，「她說謊，我常常為工作的事責罵她，她一定是趁機陷害我！而且，她的說話**無憑無據**——」

「我有證據！」泰勒小姐搶道，「我試戴的時候，戒指太小，無名指只能僅僅戴上，而且套上了卻脫不下來。最後，我要到洗手間拿了些**肥皂**塗在手指上，好不容易才把戒指脫下來。」

「是嗎？」福爾摩斯連忙向狐格森取過戒指，掏出放大鏡檢視了一下，「果然還**黏**着一點肥皂呢。」

「你怎樣解釋？」李大猩向麥基喝問。

「這……」麥基那雙狡猾的眼珠子轉了轉，立即又高聲**抗辯**，「這有何出奇？我太太準備把這枚外母的遺物送給妹妹，由於不捨得，所以前天也試戴過這戒指，但戒指太緊了，她塗了點**肥皂**才能把它脫下來。」

「你在**編故事**嗎？哪有這麼巧合？」狐格森喝罵。

「我沒編故事，這是事實。」麥基仍口硬，「泰勒那婆娘才是企圖編故事來**陷害**我！」

「嘿嘿嘿，要查證誰在編故事並不難啊。」福爾摩斯冷笑，「如果泰勒小姐試戴過戒指，就會在戒指上留下**指紋**，只要驗出她的指紋，就可證明她的說話是**真**的，而你的故事是**假**的。」

「啊……」聞言，麥基張大了嘴巴，完全說不出話來。他就像一頭被打敗了的公雞，剛才的氣勢已**蕩然無存**。

時間與距離

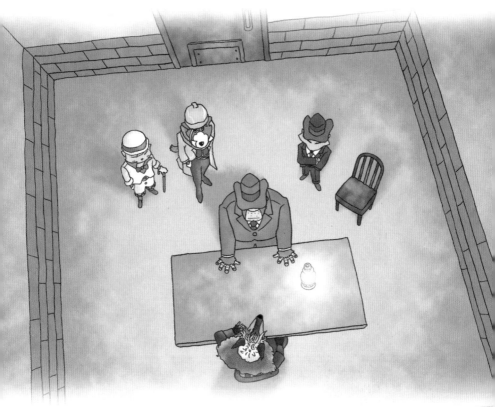

李大猩和狐格森把麥基拘捕了，在鑑證過戒指後，果然驗出了泰勒小姐的**指紋**，證明她確實觸碰過那枚戒指。而且，警方從戒指上取得的

肥皂樣本，也證實是來自旅館的**廉價肥皂**。可是，麥基家的肥皂是 名牌貨 ，含有從薰衣草提煉的香料，與戒指上的肥皂並不相同。

　　麥基的謊言被完美地戳破了。在拘留室中，他只好把真相**和盤托出**。

　　原來，麥基在婚前是個**窮小子**，婚後全靠外家的支持才**發跡**。可是，他年前認識了一個

漂亮的女人，在美色的誘惑下被騙了巨款，但又不敢向妻子坦白，只好向一個名叫戴維斯的高利貸商人借錢填補被騙的損失。但麥基多次延遲還款，利息連本金已比當初的借款高出一倍。最近戴維斯催迫得很厲害，還表明如果再不還錢，就會直接向麥基的外家追討。

麥基知道，如果妻子和外家得悉此事，必會大興問罪之師。欠債事小，遭色誘被騙這原因事大，妻子和外家一定不會原諒他。於是，他就向戴維斯提出殺妻奪保險金的計劃，說會在今天製造交通意外殺死妻子，然後以保險金來償還債務。

戴維斯對麥基的計劃**不置可否**，沒有說同意也沒說反對，只說會於今天下午5點，**乘船**來旅館等消息。如果「意外」發生了，他就暫緩還款期，讓麥基取得**保險金**後再還錢。如果「意外」沒有發生，他就馬上去向麥基的外家追討。

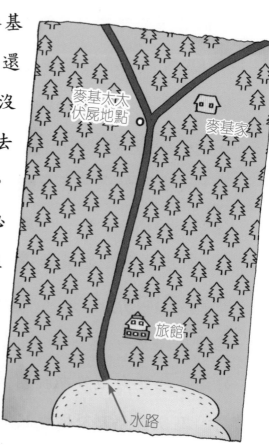

所以，麥基必須在**5點前**回到旅館，向戴維斯報告「意外」的進展。兩個小時前，戴維斯從麥基口中得悉「**意外**」發生後，已匆匆離開了。

聽完麥基的自白後，福爾摩斯歎道：「那個戴維斯也真聰明，他雖然知道殺人計劃，卻**不表態**是否支持，只是走來等待『**意外**』的發生。這樣的話，警方就不可以控告他有份參與謀殺了。他不採陸路卻採**水路**乘船前往旅館，看來目的也是一樣。」

「為甚麼這樣說？」狐格森問。

「還不明白嗎？」福爾摩斯答道，「從**陸路**去旅館只有一條

路，如果戴維斯乘馬車前往旅館的話，必會經過發生『意外』的**分岔路口**，到時他就

57

有可能目擊『意外』的發生而受到牽連了。」

「好狡猾的傢伙。」華生說。

「哼！放高利貸的都是冷血動物，為了追得欠款，根本不會顧人家的死活！」李大猩悻悻然地道。

「是啊。」狐格森說，「我們看得多了，很多大好家庭都是被高利貸弄得家破人亡的。」

「對了，你既然已經認罪，有些事情也不妨坦白吧。」福爾摩斯向垂頭喪氣的麥基問道，「旅館的那匹馬忽然拉肚子，也是你弄出來的吧？」

「是的，我偷偷餵了牠吃瀉藥。因為我很熟悉那家小旅館，知道只養

了**一頭馬**和**一頭驢子**，也知道昨天和今天只有你們兩個客人預訂了房間，今天不會再有其他客人去那旅館留宿。」麥基說，「所以，只要那匹馬不能拉車，你們或旅館的人就無法乘馬車外出。我在**分岔路口**作案時就不會被人看到了。」

「從旅館到你家來回要走**120里**，你應該早已知道驢子拉車的時速最快**20里**，花**6個小時**就能走完。」福爾摩斯說，「所以，你早上**9點鐘**出發，下午**3點**就能回到旅館，但為了保險起見，你約了戴維斯於**5點**見面，預留了兩個小時的鬆動。因為你在途中還要**製造交通意外**，這也得花一點時間，對嗎？」

來回120里÷時速20里＝6個小時

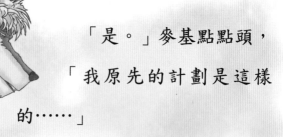

「是。」麥基點點頭，

「我原先的計劃是這樣

的……」

原先的計劃

把家裏的單人馬車，預先藏在距離旅館50里的分岔路口旁的樹林中。然後，我載着妻子從旅館以時速20里駕駛驢車趕到分岔路口，只需2個半小時。

去程50里÷時速20里＝2.5個小時

接着，我打暈妻子，花半個小時製造妻子撞車意外。所以，連駕駛驢車的2個半小時，剛好花3個小時。

2.5個小時＋0.5個小時＝3個小時

然後，我故意拖慢驢車的速度，從分岔路口花約3個小時回到旅館，製造出我為了送妻子回家取戒指，而來回剛好花了6個小時的假象。

「可是，你的計劃卻給**突如其來**的**傾盆大雨**打亂了。是嗎？」福爾摩斯問。

「是的。出發後不久馬上遇上大雨，令驢車的時速由 **20里** 減至 **10里**，我本想鞭打那頭**笨驢**，催逼牠走快一點。但又想起旅館老闆的警告，只好讓牠慢慢走。於是，原先的計劃變成……」

實際的情況

大雨中，驢車由時速20里減至10里。我載着妻子從旅館去到收藏了單人馬車的分岔路口時，已是下午2點，花了足足5個小時。

去程50里÷時速10里＝5個小時

然後，我打暈妻子，再花半個小時製造撞車意外。所以，連駕駛驢車的5個小時在內，共花5個半小時。

5個小時＋0.5個小時＝5.5個小時

因此，當我離開現場時，已是2點半。由於我必須於下午5點前回到旅館，所以只剩下2個半小時給我趕路。幸好，當時已回復晴天，我以時速20里掉頭，由於回程也是50里，只需2個半小時就回到旅館了。

回程50里÷時速20里＝2.5個小時

「所以，我們在下午**5點**左右打獵回來，剛好碰到你回到旅館。」福爾摩斯說。

「就是這樣。」麥基苦笑道，「我以為沒有人會注意到**時間**的**問題**，但華生先生的說話卻嚇了我一跳，我只能在匆忙之間，用一個**數學小把戲**來蒙混過去。」

麥基先生，早上雨下得那麼大，你能趕回來真了不起呢。據旅館老闆說，在大雨中，驢子拉車的速度會減慢一半啊。

是啊，那頭笨驢在大雨中真的走得很慢，1小時才走10里路，但幸好抵達家門後天氣好轉，回程時笨驢回復時速約20里。算起來，兩程的平均時速大約15里，來回跑120里，剛好大約花了不到8個小時。

「嘿嘿嘿，我當時聽到你那樣說，已知道你在撒謊了。」福爾摩斯冷笑道，「但我不知道你撒謊是為了殺妻，才沒出聲指正罷了。」

「唉……遇到你，算是我倒霉吧。」麥基耷拉着腦袋說。

善良與醜惡

「沒想到打獵沒收穫，反而讓你破了一宗殺妻案呢。不過，你好像**悶悶不樂**似的，究竟在想甚麼？」翌日，華生在回程的火車上說。

「沒甚麼，只是覺得有點**遺憾**罷了。」福爾摩斯答道，「因為，麥基太太其實可以**逃過一劫**，不用死得那麼慘。」

「是嗎？」華生不明所以。

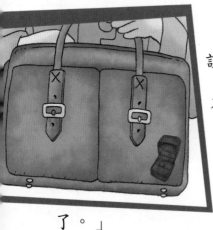

「不是嗎？」福爾摩斯說，「如果泰勒小姐在麥基太太面前指出，那枚**戒指**其實就在公事包內。那麼，麥基的謀殺大計就不能**得逞**了。」

「啊！」華生恍然大悟，「你說得對，但泰勒小姐為何不那樣做呢？」

「理由只有兩個。」福爾摩斯說，「一、如果她說出實情，就會自揭曾經偷看戒指的**不道德行為**，可能會被麥基責罵甚至**解僱**。」

「有道理。」華生問，「那麼，第二個理由又是甚麼？」

「第二個理由純屬**臆測**，但如果讓我猜中了，那個泰勒小姐其實也相當**陰險**。」福爾摩斯眼底閃過一下寒光，「那就是她早已感覺到麥基會對太太不利，所以故意

隱瞞實情，任由麥基太太去送死。然後，她再找機會揭穿麥基的惡行，令他陷入**萬劫不復**的境地！」

「啊⋯⋯」

是的。

「麥基連妻子也敢動手殺掉，平時也不會是個好老闆。」福爾摩斯說，「他在工作上可能常常**欺凌**泰勒小姐，令她很不好受。泰勒小姐難得遇到一個報復的機會，就**順水推舟**，在麥基太太面前故意**隱瞞**戒指的所在，間接促成了麥基的殺妻大計。」

「**太恐怖了……**」華生不禁打了個寒顫，「我希望泰勒小姐不是這種人。」

「是的，我也不希望她是這種人。」福爾摩斯說，「但

是，作為一個私家偵探，我必須**推敲**所有的可能性，並作出合理的推論。畢竟，人性雖然有**善良的一面**，但也有極度**醜惡的一面**啊。可惜的是，除非泰

勒小姐自己主動坦白，否則，我的推論將永遠也無法獲得證實。」

　　這時，福爾摩斯沒料到，他以為無法證實的推論竟然還有下文，並揭開泰勒小姐**不為人知**的一面！

數學小知識

【平均值】

簡單來說，平均值就是——若干個數（或量）平均之後得出的數值。這是日常生活中常用的計算方法，必須學懂啊。

例①：媽媽買了12個蘋果平均分給4個兒子，每個兒子可得3個蘋果。所以，在這個情況下，平均值就是3。

例②：假設中英數和常識科4科的平均分必須達到70分才可升班。如果愛麗絲中文得60分、英文得80分、數學得80分、常識科得60分，她能夠升班嗎？由於愛麗絲的平均分是70分，所以她能夠升班。

> 中文60分＋英文80分＋數學80分＋常識60分＝280分
>
> 280分÷4科＝70分（平均分）

可是，麥基以同一方法計算來回60里（共120里）的平均時速，為甚麼又會不對呢？

麥基的計算方法：

> （去程時速10里＋回程時速20里）÷2＝平均時速15里

這個計法本來是沒錯的，但前提是去程和回程的行駛時間必須一樣——各3小時。

去程30里÷3小時＝時速10里
回程60里÷3小時＝時速20里
來回90里÷6小時＝平均時速15里

可是，如果去程行駛6小時，而回程行駛3小時的話，正確的計算方法就會變成如下：

去程60里÷6小時＝時速10里
回程60里÷3小時＝時速20里
來回120里÷9小時＝平均時速13.333里

把上面3條算式以分數的數式來顯示的話：

$$\frac{去程60里}{6小時} + \frac{回程60里}{3小時} = \frac{來回120里}{9小時} = 時速13\frac{1}{3}里$$

↑—分母不同—↑

所以，我們在計算平均值時，必須注意分母是否一樣，如分母不同，就不能簡單地把兩個數相加後再除2來計算了。

戴維斯的組合拳

「麥基被判 **環首死刑** 呢。」在貝格街附

近的茶座，福爾摩斯看着手上的報紙，對正在

喝着下午茶的華生說。

「終於有判決了？」華生托着下巴應道，「他是 含由自取 啊，為了還債竟然把自己的妻子也殺了，實在冷血得 令人髮指 。」

「是啊。」福爾摩斯放下報紙說，「你知道嗎？日前我碰到李大猩和狐格森，據說警方在深入調查那個高利貸商人 戴維斯 後，發覺誘使麥基做合伙生意的那個美女，其實與戴維斯非常 稔熟 。」

「是嗎？」華生感到意外，「難道……難道一開始就是戴維斯設下的 美人計 ？」

「正是。」福爾摩斯道，「戴維斯知道麥基

好色，於是安排一個美女接近他，然後以投資做生意利誘，騙了他一大筆財產。當麥基**陷入財困**後，戴維斯就借錢給他解困。」

「戴維斯騙了麥基的錢，不是已**大功告成**嗎？為何又要借錢給他解困呢？」華生摸不着頭腦。

「嘿嘿嘿，你知道拳擊比賽中所謂的**組合拳**嗎？」

「組合拳？沒聽過。」

「簡單說來，**組合拳**就是先出一拳擊向對方，但這一拳並非要把對手擊倒，目的只是為了出下一拳。」福爾摩斯解釋道，「當第一拳令對方因為閃避而**失去重心**後，隨即打出第二拳，這拳要令對手進一步**失去平衡**，緊接着就出第三拳。這拳才是決定性的，務必一下子**把對手擊倒**。」

「這與麥基的案子有何關係？」華生

一臉茫然。

「哎呀，還不明白嗎？」福爾摩斯沒好氣地說，「美人計是第一拳，令麥基因損失大筆金錢而方寸大亂。第二拳是戴維斯出面借錢給他，為的是要麥基在利疊利下欠更多錢。

然後，戴維斯再出第三拳，迫使麥基合作，侵吞其外家的資產。」

「原來如此。」

華生**恍然大悟**，但想了想又問，「麥基如果沒被你**識破**殺妻，他就可以用妻子的保險金來還債，這麼一來，戴維斯的第三拳就會**落空**。按道理，他應該阻止麥基犯案呀？」

「哎呀──」福爾摩斯長歎一聲，「華生，你太純良了。如果麥基殺妻成功，戴維斯的第三拳不但不會落空，而且還能**連本帶利**收回欠款，同時間又可**要脅**麥基，再侵吞他外家的資產呢。」

「為甚麼？」

「因為麥基他殺了人呀，這比中了美人計而欠債嚴重得多。對戴維斯來說，這是**得來全不費工夫**的要脅手段啊。」

「啊……」華生終於明白了。

「本來蘇格蘭場孖寶幹探要把戴維斯**捉拿歸案**的，可能他收到**風聲**吧，已早一步潛逃了。」

當福爾摩斯說到這裏時，背後突然傳來一聲大叫：「福爾摩斯先生！」

兩人被嚇了一跳，轉過頭去看，原來是我們的搗蛋鬼**小兔子**。

「你叫人時可以輕聲一點嗎？給你嚇死了！」福爾摩斯罵道。

「哎呀，我有急事嘛。」小兔子**煞有介事**地說，「剛才有一個**盲人**在你家門口，說要把這個東西交給你，很急的。」

說完，小兔子把一個公文袋遞上，並**理所當然**地伸出手板。

福爾摩斯斜眼看了看小兔子，說：「甚麼？又想要**打賞**？最近沒接案子，我自己也很**窮**呀，下次吧。」

「下次？下次你可能已忘記了啊。」小兔子不滿地說，「而且下次歸下次，這次總得打賞一點吧。」

福爾摩斯一手奪過**公文袋**，罵道：「哎呀，你的臉皮怎會這麼厚？人家有困難嘛，不懂得體諒一下人嗎？**快滾！**」

說完，還一腳踢向小兔子的屁股。

「**救命呀！** 大偵探欺負小孩子呀！連一角幾毫的打賞也不給呀！」小兔子 **老羞成怒** 地一邊走一邊大叫，一溜煙似的跑走了。

「哈哈哈，那小鬼頭真有 **兩下子**。」華生笑道，「看來不用10分鐘，整條貝格街都知道你欺負一個小孩子了。」

「哼！亂叫亂嚷的，我才不會理他呢。」福爾摩斯說着，從公文袋中取出了 **一封信** 和 **一個懷錶**。

「好漂亮的懷錶呢。」華生湊過頭去看。

「唔？ **時針** 和 **分針** 疊在 **12點** 上，秒針又停了。」福爾摩斯皺起眉頭嘀咕，他扭了幾下錶冠，上了鏈。這時，秒針馬上動起來了。

接着，他把懷錶放到耳邊細聽。

　　「怎樣？有滴答的響聲嗎？」

　　「有，看來剛才只是沒上鏈，懷錶才停了。」

　　「一個盲人為何會送給你一個懷錶呢？」華生感到疑惑。

　　「這裏有封信，看看就會知道了。」福爾摩斯說着，從信封內抽出信件正想細閱，然而，他看了一眼就臉色一沉。

　　「怎麼了？是誰的來信？」

福爾摩斯沒有馬上回答，他把信仔細地看了一遍後，才遞給華生：「你自己看吧。」

華生接過一看，霎時**大吃一驚**。

那是 **M博士**的來信！

福爾摩斯先生：

　　久未聯絡，可好？

　　據悉你在月前只憑兇手的一句說話，就破了一宗冷血的殺妻案，效率之高實在令人折服。

　　不過，你一定仍未知道那個始作俑者惱羞成怒，已決定在特定的時間把那個秘書小姐殺死。你如不出手相救，相信她必定凶多吉少。

　　我與你份屬老相識，故不避多管閒事之嫌冒昧提醒。

　　記住！12點前兇案必會發生，以面向泰晤士河的大笨鐘的時間為準。如想救人，你必須儘快找出那個特定的時間。機會只有一次，不要錯過啊。

　　　　　　　　　　　　你的好友——M博士字

M博士的伎倆

華生看完信後，不禁倒抽了一口涼氣，他沒想到此案竟與M博士扯上了關係。

「信中說的那個**始作俑者**，應該就是**戴維斯**。」福爾摩斯說，「那個秘書小姐，不用說，就是**泰勒小姐**。因為麥基被捕後，戴維斯不但沒法侵吞麥基外家的資產，連借給

麥基的錢也全泡湯了。他一定是**老羞成怒**，把怨氣都發泄在泰勒小姐身上。」

「現在怎辦？」華生急切地問，「信中雖然說泰勒小姐有危險，但並沒有明言戴維斯即將行兇的**時間**和**地點**，我們如何營救？」

「哼！這是M博士玩弄的**伎倆**。」福爾摩斯悻悻然地說，「他最喜歡與我鬥智，信中一定隱藏了線索，看看我能否在限期前找出來。」

「線索嗎？」華生再看了看信件道，「信中只說『**12點前兇案必會發生**』，這是惟一與時間有關的線索，但究竟是甚麼意思呢？」

「不。」福爾摩斯搖搖頭，「除了信中這句話外，還有一樣東西與時間有關。」

華生想了想，猛然醒悟：「**懷錶**！還有那個懷錶與時間有關！」

說着，華生一把抓起桌上的懷錶細看。

滴答、滴答、滴答，只見懷錶的秒針已在緩緩地旋轉，而時針和分針已走到12點12分上。

「糟糕！」華生焦急地說，「M博士留下的時間線索，一定是指懷錶剛才停着的時間。你重新上鏈後，已破壞了他留下的線索！」

福爾摩斯斜眼看了一下華生，沒好氣地說：「我常說：『我在觀察，你在看。』沒想到你一丁點進步也沒有。你看過的東西都馬上**拋諸腦後**嗎？懷錶剛才的**時針**和**分針**疊在12點正的位置上，與M博士信中的提示根本就是一樣嘛。」

「是嗎？」華生尷尬地抓抓頭皮。

「沒錯。而且，秒針是停在49秒的位置上。」

「甚麼？你連秒針的位置也記住了？」

「當然囉。觀察就是這樣，不放過任何一個細節，全記在腦袋裏。」

「太厲害了，我甘拜下風。」華生佩服地說。

「現在不是感歎的時候。」福爾摩斯說，「我們首先要做的，是馬上趕去大笨鐘。」

「是的，信中有提及大笨鐘，而大笨鐘顯示的時間是最準的。」

「除了這個原因外，信中雖然沒有提及任何與地點有關的線索，但大笨鐘不僅是一個鐘，還是倫敦的地標。」

「地標！不就是地點嗎？」華生眼前一亮。

「沒錯。」福爾摩斯說，「我懷疑戴維斯準備行兇的地方就在大笨鐘附近。走！馬上啟程吧！」

跳上馬車後，福爾摩斯向馬車夫說了聲「大笨鐘，要快」後，立即閉上眼睛，陷入了沉思之中。華生不敢打擾，他知道，老搭檔正在思考信中的內容，希望可以從中找出線索。

半個多小時後，福爾摩斯與華生的馬車來到大笨鐘下面。兩人跳下車舉頭一看，只見大笨鐘

的**時針**和**分針**正走到 **4時5分** 的位置上。

「『**12點前凶案必會發生**』……救人

的『**機會只有一次**』……M博士為何這樣說

呢……？真奇怪。」福爾摩斯凝視着大笨鐘，

自言自語地說。

「有甚麼奇怪？」華生問。

「為甚麼是『12點前必會發生』而不是『11點前』或『10點前』？此外，為甚麼『機會只有一次』，而不是『兩次』或『三次』？」

「或許兇案發生的時間非常接近12點，所以M博士才這樣寫吧？」華生推測，「『機會只有一次』或許是指如果第一次救人失敗了，就不會有第二次了。」

「你的推測合乎常理，但對找出犯案時間和地點卻毫無用處啊。」福爾摩斯一針見血地指出，「而且，12點距離現在尚有8小時，狡詐的M博士哪會給我這麼多時間去破解謎題。我認為，『12點』和『機會只有一次』應該另有意思。」

「你說得對，但有甚麼意思呢……？」

「我剛才在馬車上已想過了。」福爾摩斯掏出M博士的信，指着信中的圖形說，「你看，信上繪畫了三個**部分重疊的圓形**，而重疊的部分剛好把『**12點**』框了起來。此外，我們手上的線索也有三種，看來可以用三個疊在一起的圓形來顯示。」

說着，福爾摩斯在記事本上繪了一幅圖，說：「三個圓形代表**懷錶**、**大笨鐘**和**一次機會**，三者都應該與戴維斯即將犯案的**時間**和**地點**有關，所以我把它們擺放成以下的形狀。」接着，他指着圖形逐一說明。

你如不出手相救，相信
我與你份屬老相識
昧提醒。

記住！12點前兌
河的大笨鐘的時間為
找出那個特定的時間
啊。

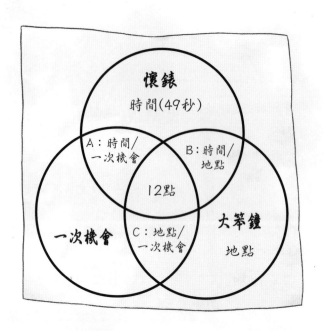

①三個圓形重疊的部分代表**12點正**。即是說，懷錶、大笨鐘和一次機會，都與**12點正**有關。

②懷錶與一次機會重疊的部分為**A**，代表**時間**（49秒）與**一次機會**有關。

③懷錶與大笨鐘重疊的部分為**B**，代表**時間**（49秒）與**地點**（大笨鐘）有關。

④大笨鐘與一次機會重疊的部分為**C**，代表地

點（大笨鐘）與**一次機會**有關。

「很有趣的繪圖，
但對找出線索有何
幫助？」華生問。

「幫助很大。」
福爾摩斯說，「從
這幅圖中可以看出，最
重要的是中間的**12點
正**，因為它是**三個圓
形重疊的地方**。所以我們必須先找出12點
正的意思。」

「12點正……它只是一個時間，有何特別
呢？」

「對……只是一個時間，有何**特別**呢？」
說到這裏，福爾摩斯突然眼前一亮，「華生！

一言驚醒夢中人，我竟然一直沒注意到12點正的特別之處！」

犯罪的時間

「怎麼了？難道你已有所發現？」華生緊張地問。

「你沒看出來嗎？」福爾摩斯興奮地說，「特別之處就是，**時針**和**分針**必須重疊在一起，才能顯示出**12點正**呀。」

「啊……」

「此外，當**時針**和**分針**疊在12點上時，**秒針**也一定會走到12點的刻度上。即是說，**時鐘行走12小時，只有一次機會三枝針都走到相同的刻度上啊。**」

「原來如此！」華生恍然大悟。

「所以，12點正不是真正的重點，重疊才是！」福爾摩斯說，「戴維斯行兇的時間，一定是與重疊有關！」

「有道理，但接下來該怎辦？」

「現在須從圖形的A部分——時間（49秒）與一次機會——着手思考。」

「唔……真是過完一關又來一關，很難呢。」華生苦惱地說。

「是啊，實在很難。」福爾摩斯皺着眉頭呢喃，「時間是49秒……只有一次機會……重疊才是關鍵……」

福爾摩斯重重複複地 *自言自語* ，突然，他的眼睛靈光一閃：「明白了！我明白了！49秒和重疊的意思，就是**當秒針走到49秒的刻度上時，時針和分針會重疊起來，而在12個小時內，只有一次機會發生這種情況！**」

「真的嗎？真的會發生這種情況嗎？」華生不敢置信。

福爾摩斯沒理會華生的質疑，慌忙在筆記本上計算起來。不一刻，他抬起頭來大叫：「糟糕！當秒針走到**49秒**的刻度上時，**時針**

和**分針** **重疊的位置**是4時21分！戴維斯行兇的時間將會是 **4時21分！**」

「甚麼？4時21分！」華生大驚之下，連忙舉頭望向大笨鐘。

　　這時，大笨鐘上的時間
是 **4時15分**。換言之，距
戴維斯行兇的時間只剩下 **6
分鐘**！

　　「豈有此理！M博士只給我這麼少時間解
謎，太過分了！」福爾摩斯怒罵。

　　但他很快就平復下來，並冷靜
地自問：「還有B……**B**的部分
代表甚麼呢？」

9秒）

B：時間/
　　地點

「那是代表**時間**與**地點**。」

「對，我已算出時間是 **4時21分**，但這個時間又怎會與地點有關呢？」福爾摩斯**唸唸有詞**地說，「時間……時間與長短和光暗有關，地點……地點與方向和位置有關……**時間**、**長短**、**光暗**、**地點**、**方向**、**位置**，它們之間有甚麼關係呢？」

說着，福爾摩斯又在記事本上繪畫了一幅圖，把時間、長短、光暗、

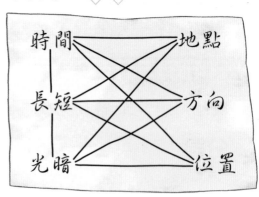

地點、方向、位置全部用黑線串連起來。

華生連忙湊過頭去看，卻看不出一個所以然。他**心焦如焚**地看看大笨鐘，時間已是4時18分，只剩下**3分鐘**了。

福爾摩斯**全神貫注**地盯着記事本上的圖，突然，他眼底閃過一下寒光，急忙翻到剛才計算時間的那頁去，並叫道：「笨蛋！原來是與**方向**有關！**4時21分除了是行兇時間外，也是行兇的地點！**走，馬上去救人！」

說完，他已轉身往大笨鐘的左方*奔去。華生不明白老搭檔在說甚麼，但也**不敢怠慢**，連忙跟着跑去。

兩人奔跑了兩分鐘左右，

*註：對面向大笨鐘的福爾摩斯來說，是大笨鐘的右方。

前方突然傳來途人的驚叫聲，同一時間，一輛無人駕駛的馬車已在不遠處出現，並高速衝向泰晤士河的**欄杆**。

「**啊！**」一瞬間，華生已明白了，泰勒小姐一定在車內，戴維斯要她連人帶車墮河而死！

這時，福爾摩斯已奔到馬車側面，但要拉停那匹**狂飆**的馬已不可能了。華生以為慘劇即將在自己眼前上演，但**說時遲那時快**，福爾摩斯已縱身一躍，趁馬車衝過的一剎那，跳上了敞開着的車門。

可是，馬車這時已衝到欄杆前面了！

「**啊！來不及了！**」華生暗叫不妙，但眨眼之間，一團**黑影**突然從車內硬生生地彈出，

並在地上連續翻滾了十來碼。同一剎那，馬匹已高速撞向欄杆，「**轟隆**」一聲響起，欄杆被撞得**粉碎**，整輛馬車一頭栽進河中，揚起了巨大的**浪花**，但在轉眼之間，已沉到河底去了。

華生**驚魂甫定**，往摔下來的那團黑影看去，原來那是扭作一團的福爾摩斯和泰勒小姐。在**千鈞一髮**之際，福爾摩斯抱着泰勒小姐躍下，逃過了一劫。

「**你們沒事吧？**」華生一邊奔過去一邊大叫。

這時，福爾摩斯扶着滿臉驚惶的泰勒小姐站了起來，**若無其事**地應道：「只是摔傷了幾塊骨頭罷了，不礙事。」

聞言，華生放下心頭大石。

「不過，戴維斯卻難逃一劫，看來已葬身河底去了。」

「甚麼？你……你是說戴維斯也在那輛馬車上嗎？」華生大感意外。

「他被綁在座椅上，看樣子已昏迷了。我估計M博士要殺的是他。」福爾摩斯說着，往仍在哆嗦的泰勒小姐瞥了一眼，「而不是她。」

「為甚麼會這樣？M博士究竟在搞甚麼鬼？」華生大惑不解。

「不知道。**黑道中的拿破崙**嘛，他總會有他的原因。」福爾摩斯一頓，忽然想起甚麼似的道，「對了，我終於明白**C部分**的意思了。所謂**地點**與**一次機會**，其實是指馬車衝過的地點，而我只有一次機會救人。否則，泰勒小姐就會連人帶車墮入河中了。」

這時，一個躲在街角的身影，偷偷地窺視着福爾摩斯，喃喃自語地道：「嘿嘿嘿，每次都能**化險為夷**，真是**孺子可教**也。看來，我們還有一番惡鬥呢。」說完，他一個閃身，像一陣風似的消失在陋巷之中。

復仇的代價

看到巡警聞聲趕至後，福爾摩斯和華生就帶泰勒小姐到醫院檢查傷勢，並順便向她了解**被擄的經過**。兩人沒想到的是，她竟然道出了驚人的秘密。

「其實，我是為了**復仇**才當上麥基的秘書的。」泰勒小姐摸一摸被繃帶包紮着的右臂說。

「甚麼？」福爾摩斯和華生都大吃一驚。

「事情是這樣的……」泰勒小姐兩目低垂，**一五一十**地道出內情。

原來，泰勒小姐有一個名叫**戴茜**的好友，她曾是麥基的女朋友。當麥基結識了一個千金小姐後，就把戴茜拋棄了。那個時候，戴茜已懷有**身孕**，她收到麥基結婚的消息後，在大受打擊下上吊自殺死了。

泰勒小姐為了替好友報仇，就混入麥基的公司，當上了他的秘書，希望從中可以找到**把柄**，伺機進行報復。可是，她當了一年多的秘書，仍無法找到可以令麥基**身敗名裂**的醜聞。

當她正想放棄時，戴維斯就出現了。他說借了很多錢給麥基，想高價聘用她近身監視。泰勒小姐知道**天賜良機**，一方面假意答應為

戴維斯當間諜，一方面等待麥基為了還錢而犯錯，然後一舉把他推向**萬劫不復之地**。

「所以，我常常偷看麥基的私人物品，希望可以找到甚麼**罪證**。」泰勒小姐說，「麥基太太被殺的前一天，我在麥基的公事包搜到那枚**戒指**，就是這個緣故。」

「原來如此。」福爾摩斯明白了，「所以，麥基太太要回家取戒指時，你故意**保持緘默**。因為，你要待麥基進一步犯錯，然後才有足夠本錢**報復**。對嗎？」

「是的……」泰勒小姐黯然地低下頭來，「但是……但是……我沒料到那傢伙要**殺害**太太，如果我早料到的話，我一定會阻止他的……**對不起**……」

福爾摩斯看一看華生，深深地歎了一口氣。

「我在事發後，已馬上搬到別的地方居住。」泰勒小姐續道，「我知道，戴維斯一定會來找我**報復**。因為，我收了他的錢，不但沒為他做事，還令麥基被捕，**他不可能放過我**。」

「但你最後還是被他找到了？」福爾摩斯

問。

「他和幾個**大漢**昨天在街上把我擄走，並把我關起來。他還恐嚇要殺死我。」泰勒小姐說，「不過，今天下午我被押到馬車上時，卻看到戴維斯已被**五花大綁**地捆在座椅上，而且看來已昏迷了。」

「看來，戴維斯在擄走你時，還未知道自己的**下場**呢。」福爾摩斯說。

「那麼，那幾個大漢有沒有向你說了些甚麼？例如為何擄走你之類？」華生插嘴問道。

「沒有。」泰勒小姐搖搖頭，「他們只叫我不許動和不許吵鬧，否則就會馬上把我**幹掉**。不過⋯⋯」

「不過甚麼？」福爾摩斯問。

「不過，我被押上車後，有一個**魔鬼似**

的聲音隔着車簾向我說話……」

「魔鬼似的聲音？」華生不禁慄然。

「是的……我沒看到他的樣貌。但不知怎的，我……我總覺得……那個低沉的聲音充滿了邪氣，就像……就像在地獄中傳上來似的，令人心裏發毛。」

「他說了甚麼？」福爾摩斯緊張地問。

「他……他說：『有一位**大偵探**會趕來救你，如果你好運的話，就不用死。不過，戴維斯沒有完成任務，還搞砸了一單大買賣，所以必須**以死贖罪**，就算大偵探也救不了他。』」

「那人一定是**M博士**！」華生說。

「沒錯。」福爾摩斯眼底閃過一下寒光，「看來戴維斯只是個**傀儡**，M博士才是整個案子的幕後主腦。戴維斯企圖利用麥基奪產失敗，M博士就**執行家法**，以處死當作懲罰。」

「戴維斯這種人**死不足惜**，但麥基太太卻死得太過冤枉了。」華生搖頭歎息。

「嗚……嗚……」突然，泰勒小姐**掩面痛哭**，「我害死……害死了……麥基太太。她……她是個好人……要是我當面**揭穿**麥基的謊言……她就不用死了……是我不好！**是我不好！**」

華生茫然地看着**瀕臨崩潰**的泰勒小姐，不知道該說甚麼安慰的說話。因為他知道，不管怎樣安慰也好，這個**罪疚感**將會纏繞泰勒小姐一生，令她永遠**睡不安寧**。她報了仇，但也間接地成了仇人的幫兇，把一個無辜的女人害死了。

福爾摩斯和華生把泰勒小姐交給警方後，就帶着沉重的心情離開了醫院。

「對了，我還有一個**疑問**未解。」默默地走

了一段路後，華生才開口問，「你怎會知道**大**
笨鐘的左方會發生意外，急急奔往那兒？」

「你還未想通嗎？大笨鐘已給了**提示**呀。」

「提示？甚麼提示？」

「我不是算出了當秒針走到
49秒的刻度上時，**4時21**
分就是**時針**與
分針重疊的時
間嗎？」福爾摩斯
說，「那一刻，時
針和分針不就會指向
大笨鐘的**左下方**嗎？」

「啊！」

華生恍然大
悟，「原

指向左下方→

復仇的代價

來是**時針**和**分針**指出了方向！我怎會沒想到這一點呢！」

「嘿嘿嘿，你不懂得計算時針和分針的**重疊**時間，當然不會想到了。」

「有關係嗎？」

「當然有關。」福爾摩斯說，「大笨鐘的鐘面是一個**正圓形**，它的上面有**60個小刻度**和**12個大刻度**。一圈正圓形是**360°**，所以每個小

小刻度是6°

大刻度是30°

刻度是**6°**（360°÷60＝6°），每個大刻度則是**30°**（360°÷12＝30°），通過計算度數，就能計出時針和分針的**重疊**時間了。」*

＊ 詳細計算方法，請參看故事完結後的【數學小知識】。

「但這與你聯想到方向有何關係？」華生仍然不明白。

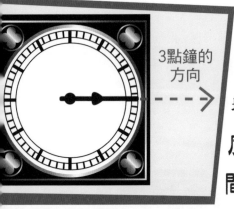

3點鐘的方向

「哎呀，還不明白嗎？」福爾摩斯沒好氣地說，「**對時鐘來說，度數就是時間，而時間不就是方向嗎？**當你告訴**盲人**甚麼方向時，你不是會說『**在你3點鐘的方向**』之類的說話嗎？所以，當我想起時鐘的度數時，就聯想到方向了。」

「呀！」華生猛地醒悟，「我記起來了！小兔子說公文袋是一個**盲人**送來的，其實也是M博士的**提示**。」

「嘿嘿嘿，你現在才記起嗎？我想到與方向有關時，已立即想到這一點了。」福爾摩斯

說，「此外，M博士在信中也曾提及**方向**呀。他說甚麼『**以面向泰晤士河的大笨鐘的時間為準**』，其實也有這個意思。」

「是嗎？」華生感到有點茫然。

「大笨鐘有**東南西北**四個鐘面，他必須指定我們看哪個**鐘面**，才能暗示馬車撞欄的位置呀。」福爾摩斯說，「這──其實已道出了**方向**啊。」

　　華生想了想，說：「我現在完全明白了。不過，我有一點仍不明白。那個Ｍ博士為何要花那麼多心思來**考驗**你呢？要知道，設計出那麼巧妙的*謎題*也不容易呀。」

　　「其實……我也常常在想這個問題。」福爾摩斯**若有所思**地答道，「以他在黑道中的勢力，要暗殺我**易如反掌**。我實在不明白他為何**三番四次**設計令我陷於險境，但又不直接加害於我。或許……Ｍ博士有甚麼**不可告人**的

目的，又或許……我們之間有一段**不為人知的歷史**，令他不會輕易置我於死地……」

「啊……不可告人的目的……和不為人知的歷史嗎？」華生雖然不明白福爾摩斯口裏說的是甚麼，但一股**無名的恐懼**已從他的脊骨擴散至全身，令他重重地打了個*寒顫*。

　　福爾摩斯怎樣從秒針停留在49秒的刻度上，就能計算出時針與分針的重疊時間呢？

　　在回答這個問題之前，必須先記住時間的計算並非十進制，而是六十進制這一特點。十進制是逢十進一，而計算時間是逢六十進一。例如，10秒＋55秒＝65秒。由於是逢六十進一，所以65秒＝1分5秒，而數式就可寫成10秒＋55秒＝1分5秒。

　　好了，現在可以回答文首的問題了。由於在12個小時之內，時針與分針會有11次重疊，我們只要把12小時除以11，就能計算出第一次重疊的時間。

$$12 \div 11 = 1\frac{1}{11}$$

　　由於是六十進制，我們須把 $1\frac{1}{11} \times 60$，才能計算出時間。

$$1\frac{1}{11} \times 60 = 65\frac{5}{11}$$

1時5分　在六十進制下，$\frac{5}{11} \times 60 = 27\frac{3}{11}$ 秒

　　即是說，從12點正開始計算，時針與分針第一次重疊的時間為1時5分27 $\frac{3}{11}$ 秒。

　　那麼，第二次、第三次、第四次重疊的時間就會如下：

$$
\begin{array}{r}
1時5分\ \ 27\frac{3}{11}秒 \\
+\ 1時5分\ \ 27\frac{3}{11}秒 \\
\hline
= 2時10分\ \ 54\frac{6}{11}秒 \ (第二次重疊時間)
\end{array}
$$

$$
\begin{array}{r}
2時10分\ \ 54\frac{6}{11}秒 \\
+\ 1時5分\ \ 27\frac{3}{11}秒 \\
\hline
= 3時16分\ \ 21\frac{9}{11}秒 \ (第三次重疊時間)
\end{array}
$$

$$3時16分\ 21\frac{9}{11}秒$$

$$+1時\ 5\ 分\ 27\frac{3}{11}秒$$

$$=4時21分\ 49\frac{1}{11}秒（第四次重疊時間）$$

所以，當福爾摩斯看到秒針停在49秒的刻度上時，就能計算出時針與分針的重疊時間是4時21分了。

此外，我們也可以用以下一種方法（福爾摩斯的方法）計算。

大笨鐘的鐘面是一個正圓形，它的上面有 60 個小刻度和 12 個大刻度。一圈正圓形是 360°，所以每個小刻度是 6°（360°÷60＝6°），每個大刻度則是 30°（360°÷12＝30°）。分針每分鐘走一個小刻度（6°），時針每 60 分鐘才走一個大刻度（30°），所以時針每分鐘走 0.5°（30°÷60＝0.5°）。

小刻度是6°

大刻度是30°

也就是說，分針比時針每分鐘多走 5.5°（6°－0.5°＝5.5°）。那麼 360°÷5.5° 就是分針和時針第一次重疊所需的時間了。計算如下：

$$360÷5.5 = 360÷\frac{11}{2} = 360×\frac{2}{11} = 65\frac{5}{11}$$

得出 $65\frac{5}{11}$ 後，接着的計算方法與前面的計法一樣，可以算出時針與分針第一次重疊的時間是 1 時 5 分 $27\frac{3}{11}$ 秒，而第四次重疊的時間就是 4 時 21 分 $49\frac{1}{11}$ 秒了。

你看看那裏，能推理出甚麼？

為何還不上菜啊？

請問你點的是甚麼？

知道甚麼？

我知道了！

是法國蝸牛。

難怪了。

雖然牆上的鐘不見了，但從陽光射進的角度看，現在是黃昏 5 點鐘左右。

已下單超過 1 小時呀。

對不起，這道菜確實要花點時間。

傻瓜！是時鐘被人偷了呀！

因為蝸牛爬上了天花板，下來要兩個小時。

福爾摩斯科學小實驗
自製沙漏計

這次能夠順利破案，全靠你懂得計算時間呢。

懂得計時非常重要，不如製作一個簡單的計時器玩玩吧。

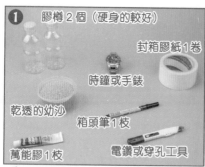

① 膠樽 2 個（硬身的較好）

封箱膠紙 1 卷

時鐘或手錶

乾透的幼沙　　箱頭筆 1 枝

萬能膠 1 枝　　電鑽或穿孔工具

請準備以上物品。

② 用萬能膠將兩個膠樽的樽蓋背對背黏在一起。請注意：待萬能膠完全乾透才進行程序③。

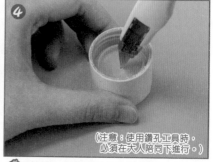

③ 兩個樽蓋黏牢後，再用封箱膠紙把樽蓋加固。

④ （注意：使用鑽孔工具時，必須在大人陪同下進行。）
然後，在樽蓋的中心點鑽孔。
（直徑大約5mm）

⑤ 把沙倒進其中一個樽內，然後以樽蓋封口。為了增加美感，建議使用彩色的沙。

⑥ 將餘下的空樽，擰進沙樽的樽蓋上。

⑦ 把兩個樽倒轉擺放（沙樽在上），就會看到沙樽內的沙流向下面的空樽。如沙流得不暢順，可以把樽蓋上的小孔鑽大一點。

⑧ 用時鐘或手錶為沙漏計量度時間，然後用箱頭筆按時間（如每1分鐘一個刻度）在膠樽上畫上刻度。這樣就可以利用沙漏來計時了。

科學解謎　沙漏計的設計簡單，只是利用地心吸力的原理製成。古時的水鐘，其原理大致相同，只是把沙換成水罷了。兩者相較之下，沙漏計不太受氣溫影響，在寒冷的地方也可使用。但水鐘內的水易蒸發或結冰，在溫差大的地方不好用。此外，沙是粉粒狀的固體，在流動時會受到互相摩擦的影響，比起液體的水流起來慢得多。因此，相同容積的沙與水，沙能計測更長時間，故比水勝一籌。

　　「計時」與科學的發展有莫大關係，古代航海要計時，現代的航天科技更需要非常精密的計時，而我們手機上的全球定位系統也在無時無刻地計時呢。

大偵探福爾摩斯
時間的犯罪 ㊸

原著人物 / 柯南·道爾
（除主角人物相同外，本書故事全屬原創，並非改編自柯南·道爾的原著。）

小説&監製 / 厲河　繪畫（線稿）/ 鄭江輝　繪畫（造景）/ 李少棠

着色 / 陳沃龍、麥國龍　　科學插圖 / 麥國龍　　造景協力 / 周嘉詠

封面設計 / 陳沃龍　　內文設計 / 麥國龍　　編輯 / 盧冠麟、郭天寶

出版
匯識教育有限公司
香港柴灣祥利街9號祥利工業大廈2樓A室

承印
天虹印刷有限公司
香港九龍新蒲崗大有街26-28號3-4樓

發行
同德書報有限公司
九龍官塘大業街34號楊耀松（第五）工業大廈地下
電話：(852)3551 3388　　傳真：(852)3551 3300

第一次印刷發行　　　　　　　　　　　　　　　　2018年10月
第五次印刷發行　　　　　　　　　　　　　　　　2021年10月
Text：©Lui Hok Cheung　　　　　　　　　　　　翻印必究

想看《大偵探福爾摩斯》的
最新消息或發表你的意見，
請登入以下facebook專頁網址。
www.facebook.com/great.holmes

ISBN:978-988-78644-3-1
港幣定價 HK$60
台幣定價 NT$300

發現本書缺頁或破損，
請致電25158787與本社聯絡。

網上選購方便快捷　　購滿$100郵費全免
詳情請登網址 www.rightman.net